我的一生
在我之外

My life is
beyond myself

熊育群 著

南方出版传媒
花城出版社
中国·广州

图书在版编目（ＣＩＰ）数据

我的一生在我之外 / 熊育群著. -- 广州 : 花城出
版社，2018.4
ISBN 978-7-5360-8538-1

Ⅰ．①我… Ⅱ．①熊… Ⅲ．①诗集－中国－当代
Ⅳ．①I227

中国版本图书馆CIP数据核字(2017)第305646号

出 版 人：詹秀敏
责任编辑：张　懿　邹蔚昀
技术编辑：薛伟民　凌春梅
装帧设计：刘　菁

书　　名　我的一生在我之外
　　　　　WO DE YI SHENG ZAI WO ZHI WAI
出版发行　花城出版社
　　　　　（广州市环市东路水荫路11号）
经　　销　全国新华书店
印　　刷　恒美印务（广州）有限公司
　　　　　（广州南沙经济技术开发区环市大道南路334号）
开　　本　880 毫米×1230 毫米　32 开
印　　张　8.5　2 插页
字　　数　100,000 字
版　　次　2018 年 4 月第 1 版　2018 年 4 月第 1 次印刷
定　　价　48.00 元

如发现印装质量问题，请直接与印刷厂联系调换。
购书热线：020－37604658　37602954
花城出版社网站：http://www.fcph.com.cn

记忆风一样刮过山丘

　空落落的时间沉默于手背

熊育群

端午节出生于汨罗江畔。同济大学建筑工程系毕业。任过广东省作家协会副主席、秘书长，广东文学院院长，同济大学兼职教授、杰出校友等。获得第五届鲁迅文学奖、《中国作家》郭沫若散文奖、第十三届冰心文学奖等，入选全国文化名家暨"四个一批"人才、广东省文学领军人才、德艺双馨作家等。出版有诗集《三只眼睛》，长篇小说《连尔居》《己卯年雨雪》，散文集及长篇纪实作品《春天的十二条河流》《西藏的感动》《走不完的西藏》《罗马的时光游戏》《路上的祖先》《雪域神灵》，摄影散文集《探险西藏》，文艺对话录《把你点燃》等十九部。《己卯年雨雪》《西藏的感动》《无巢》《生命打开的窗口》等作品在德国、俄罗斯、意大利、匈牙利、以色列、日本、英国等国翻译出版。

自 序

那年春天，我突然提笔写诗。春天的气息清新、浓烈，阳光暖意融融，草木芬芳，雾霭薄如蝉翼，它们和阳光一道弥漫，唤醒了故乡的记忆，曾有的春天的感受在我身体里萌动，乡愁是如此真切可感。我在一种莫名而又难以自控中写下了人生的第一首诗。

那一年我十八岁，正在上海读书。之前，我没有写过诗，也极少接触诗。我的周围也无人读诗写诗。朦胧诗在那时出现，过了一两年我才知道。无意间我买的第一本诗集竟然就是舒婷的《双桅船》。那个春天之后，我开始读诗，去学校图书馆借阅，去新华书店购买，既读唐诗宋词，也读现当代新诗。从此，我疯子一样爱上了诗，甚至后来不惜抛弃了自己所学的建筑专业。至少十年，我沉迷诗中，觉得这一生再也离不开她了。诗歌彻底改变了我的命运。

那个青年，是如此任性，不管不顾，难以理喻。

来广州后，环境变了，诗人的身份处境尴尬。经济热土，"时间就是金钱"，在南方，我遭遇了人生的精神困境。

1998年夏天，我去青藏高原游历。三个月里，从西藏北面的羌塘草原，到西部的阿里，再沿着冈底斯山脉与喜马拉雅山脉东行，数千公里，我一直走到了两大山脉与横断山脉的交错地。路途上，我爬过珠穆朗玛峰，穿越了世界第一大峡谷雅鲁藏布大峡谷。大塌方后，在车影难觅的滇藏线上，我一路向着滇川走来，横断山脉又让我灵魂出窍……

五次大难不死，感觉如有神佑，感觉自己死不了了。到达云南，我瘦了二十多斤，精神和肉体都改变了。

青藏之行，我的创作激情恢复。西藏游历的三部长篇纪实体散文和一部摄影集出版后，我重点转向了散文创作。诗歌，偶尔写一写，诗稿丢进抽屉，再无发表欲望。几年后，又有了给《诗刊》投稿的愿望，于是，那些年每年都有一组诗在《诗刊》发表。后来，投稿的兴趣又淡了，诗歌活动几乎不再参加。诗歌变成了我个人纯粹的精神需求。

萌发出版诗集的想法有两三年了，主要担心诗稿散失。我第一本书是诗集《三只眼睛》，再到这本诗集《我的一生在我之外》，近二十年的岁月已经流逝。漫长而又短暂的时光里，这些诗是我精神和情感的影像，是生命的感受与领悟，是生存的一种呈现，是心灵悸动的一次次捡拾，也画出了我人生一些隐秘的轨迹；既是一次归档，一份纪念，也是我对青春的回望与致敬。她成了与我相伴相生的另一个生命体。

诗歌是神秘的。诗让世界充满了难言之境，给生命以寄托，总有一种美好又温润的情愫，让人生涌动着温馨与期待。我以诗歌的方式去感受、思考和把握世界。诗歌成了我人生的抚慰与支撑，甚至是别样的宗教与信仰，一种终极价值追求，在我人生遭遇困顿时，她给予我精神的力量。

岁月匆迫，犹如弹指，那个春天远行，折入了三十七年前的时光序列。多少事情早已遗忘，然而，诗歌依然没有离我而去。这些文字能够留存下来，让我内心温暖。我感恩于诗，希望把诗的光芒带给世界，让诗意在生命中恒久弥漫。

目录

第一章　我的一生在我之外

第二章　　在春天旅行

第三章　分手

第四章　西部阵风

第五章　南方木棉

第六章　欧洲的钟声

第九章　赋

第一章

我的一生在我之外
My life is beyond myself

我的一生在我之外

我用键盘敲击春天

于是　春天就出来了

我用数字累积财富

于是　时间出现了

密码封存　我小心翼翼跟在

光标的后面　肉身阻挡在外

纯粹的精神　像个贵族

找到自己的花园自己的天堂

就像我用数字与地产商交换

为肉体找到高尚住宅

内心的秘密哗哗淌水

一个个文档是春天的田埂

由雨水灌满

原来雨水一样的是心

原来文字能够处理欲望　冲动

发送键的后面空虚一片
像北方雪原一样广大而没有痕迹

呼吸来自另一个世界
像青春　容貌　疾病　流血
在时间的深处呈现
很多年前　很多年后
记忆风一样刮过山丘
像茉莉的花香在茉莉花外
我的一生在我之外

手

桌子空荡

一丛红珊瑚，两朵

亲密的鸡冠花——我的手

搁在自己的面前，面对自己

姿态从没如此悠闲

它粗大结实

形式古怪，还是目光异样

一种陌生被撞及

空落落的时间沉默于手背

凸起的纹理暗布生命的玄机

椅子随意愿而动

筷子、碗、面包到达嘴边

除了空想的时候

每一个细微的事情

手都在运动
只有这个下午，我注意到它
它美丽，丑陋
它熟悉，陌生

在夏季开始的这一天
在腿停下来，与手一样无所事事
我把手搁在圆桌上
漠然的眼光，好奇的眼光
都被回忆勾起
都是曾经忙碌的自己
猜测命运的自己
双手握握，像能抓住鸟声
像抓得住一叠岁月
一种相随相伴突然呈现
突然皮肤的皱褶
不经允许不经发现就在松弛

两枝花朵相互触摸、相互抚慰

像一团纠缠的水蛇

一对找不到的比喻

一个人被另一个人

携带　上路的时分

他们不再分离

他们交流

接通记忆的电流

他们常常沉默

彼此相忘江湖

一个人看到面对的风景

一个人看到从前的景象

路遇者前来握手或者拥抱

打开记忆

像搜索引擎

探入一个陈旧的包袱

那里有从前的影像

也有空白的时候
记忆像天空打不开

只有携带者看不到从前
仿佛一个局外人
往事风一样吹走
世界永远陌生
眼里只有看到的风景

历史只在一个人身上
嚓嚓作响
磁铁一样　随时准备被人
识别　指认

他永远都在重新做人
永远都不能重新做人

一个人一生在往事中穿行

不断迷途　与遗忘作战

找不到时间的出口

许许多多叙述者

许许多多的他　支离破碎

一个人携带另一个人

就像瓶子带着水

融合与分离　永远是

一对找不到的比喻

天朝子民

母亲　正从深睡的土地

唤醒花的芳香

睁开的眼睛　我衣冠沾满的

光芒　光彩如墨

我在东风东路上走

我的城市　带着

一枝玫瑰的娇羞

心爱的女子　徐徐的舞步

看不见时间的车流

这个早晨

习见的景象一朝消失

指尖里爆出的嫩芽

唇边开放的花朵

陌生方式的一次梦醒

看见了化蝶的你

听见了大地的歌唱

听见了罡风谈论

远方的事物

在宁静深远的世界

一只小虫在万里之遥

呼喊我的名字

一个圣人在千年岁月里

询问走向我的路径

坐在床沿　我是一个假象

想不起工作是什么

打开手机　不知道它在

等待新的信息

江南宽敞新居的空间里

洗漱　收拾行装……

却不知道离开

一次眨眼　世界改变一次

一次眨眼　世界依然如故
我想我已经走得很远了
我已经抛弃了自己
我让咫尺天涯在身体里面
重演

指尖上举起的花束
带着春天流浪
母亲　给了我一个季节
和一个季节的芳香
给了我看见世界的光

共同经历

现在就这么简单　一个沙盘
是所有山川

影子出现　飞越
一条鲨鱼　一对鸟翅　一片枯叶
都是它的想象
它掠过沙盘　千山万水
是滑过的一匹绸缎

机上　我安静地
读一本杂志
有关土著的原始信仰——
万物有灵

万物都在脚下

影子通过沙盘

快速　不留痕迹

天空之上　四季去向不明

粗布的座椅

午后的阳光

有个姑娘在歌唱

一片海洋　歌词中的海洋

一支箭　穿过城市上空的响箭

午后

有人听到轰隆隆的飞行

说不出话

他们听不到歌唱

他们眼里只有银光闪耀的机翼

他们在街上　公园　大厦前

不知道我听着歌声

想象蓝色海洋

城市像少年俯身的积木
飞行的箭看不到箭的飞行

谁把沙盘的游戏
变成真实的山水
掠过的影子　窗外
被我一人看见
现在　它却去向不明
四季中的秋天回来了
天空回到天空
真实的从没人怀疑过的现实
一闪念覆过了陆地

背景之狼

想象狼是一种背景
旷野因之凄厉
森林在东方的大地
被搭建成文明的塔楼
石头的方圆
支撑西方的殿堂
嚎叫的狼
如罗马的一件雕像
永远地沉默和美丽

石头禁锢兽性
就像文明的词汇
加入现代包装
像枪　导弹　核武器
它们是和平鸽的笼子

人类文明的赞美诗

把欲望的狼关在门外

如同一个忠实的警察

每天擦拭他锃亮的枪管

狼在独步

狼在悲哀

大地上没有它的地盘

它在黑暗之中

被想象代替

成为真实的象征

文明时代骄傲地来临

文明时代狼是小小的饰物

它不再争夺原始的

森林大地

在人类既定的领地——

对垒的枪口划出了各自边界

想想那个荒蛮时代
想想狼的凶猛与奔袭
我们足可心慰
文明的力量已经强大

家在无意中觉悟

一堆黑色文字
画过红色字迹
意象浮现——
家　抚平安顿了
成片的瓦砾
于是　世界不再荒凉
家——红色字体
亮起了纤弱的暖意

城市——
黑色背景
浮动人生的记忆
总是
把砖混房居住成家
把大板房又住成了家

把高入云边的水泥楼

住成了家

像文字安顿于纸上

墨汁　瓦砾般坚硬粗粝

显不出一丝光亮

彻底的沉沦

如城市蔓延的垃圾

洁白纸张上张狂的文字

不经意沾上指尖

就像都市的蜂巢

一万次的摹写　复印

信息拥挤的报纸

城市　在油墨里憩息

不可亲历的新闻

脱离了它真实的时空

在同一个日期

以现代美学的方式排列

安静　却混乱

永远地　今天置换昨天

红色笔迹
暖意正在浸淫
如窗口的灯盏
家在无意中觉悟

铁

铁

蚁光锃亮

汹涌澎湃

蚂蚁的大军

钢铁的部队

疯狂只在号令之下

匍匐

冷凝　然后

遁入几何形状

以锐利的姿态面世

以一颗子弹的速度呼啸

以一座桥的结构

改造世界

以一艘船的浮力

载起全球化

以最古怪的枪的形状

指向肉体

一次次蠢动的力量

来自黑暗的深处

泥土中的元素

挣脱岩石的束缚

高高火炉里

借流水的比喻行动

它们的真相坚硬无比

五颜六色的物质

在大地上狂奔

都市磐石般矗立

一个童话的世界

我们进入铁的内部

奔跑　或者静卧

铁的阻挡与分隔

人在其间如土豆在泥里

车的流泻

公路上的人影

是孤独无援的象征

离开铁的包裹

如处荒原

仿佛被谁抛弃

我们与铁同居

梦很轻盈

肉体却如此虚弱

普遍的寒冷触手可及

高举的房屋　离开了

湿润的泥土

春天的微笑　以及

亲切的目光

铁让一切持有恒定的距离
有如暗喻无处不在

不适者发生的碰撞
触及天下相同的坚硬
一样的伤痛
各有各自不同的伤痕

猛禽

猛禽活在我的眼里

在我地球状的瞳仁里面飞

因为热爱天空

我的眼睛里也充满着天空

但无白云缭绕

也无风流骤变

我与猛禽一样也在别人的瞳仁里

活着　我们一起学习飞翔

三十层四十层的楼宇也在学习

春天　我们穿过一个又一个昼夜

整整齐齐的昼夜

整整齐齐的楼盘

疯一样成长

横向是圆周运动
风驰电掣　乌云滚滚
竖向也风驰电掣
在不断爬高的楼宇内部上升
从不突破漂亮的墙体

春天的都市嗡嗡嗡嗡
蚂蚁们死得无影无踪
黑色的道路开不出艳丽花朵
就像丰收的田野找不到秧苗
微小的生命进入不了视觉

猛禽进入自己的河流
猛禽飞进一户一户人家
"砰"一声　合上它无用的
铁翅后　我们突然
隐于无形

滑落

果子从我的身上滑落

一种经历叮叮当当作响

头上的夏天正在绽放

秋天却在衰竭

一生的经历好像到了尽端

看见了一群人　从工地

走到了大街

民工的身份泄露他们的秘密

譬如老家正在田野里破旧的瓦房

还有分离

还有贫穷的跟随

压迫了他们的眉毛、目光和迈步

像二十年前一样

跟我进城

长成身体里虚拟的部分

头脑深处开异念的花

两边高楼　窗玻璃　半透明的人

同样的事物

正被不同的目光洗濯

风景各异

我找到一只苹果

超市里发呆的苹果

冷气中装出与这个世界无关的

表情

从目光、手到牙齿　更深的碰触

一步步与它有关

与它生活的北方

待了一生的苹果树无关

果子成为果子是一个宿命

昙花一现

从我身体滑落的瞬间

却用尽了我一生的时间

欲血

问谁为何欲血

平滑的玻璃

不曾碎裂过天空

墙在白色里

坦然默守

街头人影　瞳仁上

演绎概念游戏

我的血　惟一的流动

惟一地　从皮肤出来

能改变点什么

旧光阴

旧光阴里

不曾断裂的旅行

现在　与我一道出门

欢歌时有响起

欢颜却难再

旅行者变化身份和面孔

走向时光深处

越来越多的高楼挤压

视野如此狭窄

飞越　从城市到城市

旧光阴里的故乡

黄昏种植的暗影

睡眠一样迫近

迷茫

是一条飞鱼

总是不期而至

归

脚步疲惫的时辰
家门已近
二十年的门槛
一步不能迈过

暮色在天　是一层
负荷　有雨在落
是心的幻影

一条黄狗的拒绝
让我做了永远的游子

母亲　当你把柴扉轻启
我看到许多客死他乡的亡魂
与我同时落泪

遗忘

遗忘成长　机器上的锈
一支笔被遗忘了
一个人的名字被遗忘了
记忆打捞生命的底片
也许　有一张笑脸
梦一样浮起
是你曾经的亲人

遗忘从时间的深处
浮现身边——
中年就是
每次出门点一次东西
数一个摸一个
合符恒定的数目
写在字条上的事情

密集的街道　密集的电话　密集的
时间　它是穿行的向导

越来越多的事情
越来越多的人
压弯了记忆
脸孔成了符号
熟悉与陌生混淆
记忆的森林覆盖
隐入烟岚

说说怀念

怀念是一只鞋
印痕处处
水幕的乡野
起起落落

一生一世背负的行装
却是如此的虚空

它是我们身体里的水
睡莲似的上升
抵达今天的层面

怀念　犁开岁月与肌肤
种下一川逝水
在血脉里喧哗

欢笑、忧愁，劳动、收获……
时间的谷粒落下
怀念的包袱开始充盈

骊歌

让我告诉你　母亲
家已经很遥远
城市的楼群越长越高
那一罐枯萎的水
是蒸发的湖泊
苇秆摇曳的乡村
成了记忆的淡墨画卷

荷香深处的老家
头戴桂冠的诗人
都在涌动的人流　流言
一样的噪声里
淹没

远离民谣的都市

市民酒足饭饱　饱嗝连连
雨季里　南方的火车喘息
吞吐盲流的烟圈

家已经很遥远
生活在广告中飘浮
不知道自己还需要一点什么
母亲　你也早已走远
村庄淡淡的影子
天真烂漫的笑容
花朵一样干枯

第二章

在春天旅行
Travel in spring

欲语还休

照耀花瓣的光芒

来自波涛　而非空中

照亮人的内心

是一树绿叶

田野　淹没节奏

草木恣意生长

禾菀任性枯萎

自由的散板

在每一株植物上呼吸

谁能触摸到琴键

黑白有序的排列

谁就同时看见了夜与昼

同时经历死与生

植物的花在时间的前面

耐心等待着枝叶的赶路

植物的种子　耐心等待

花的启程

小小种子可允诺一个春天

她沉默

穿越一个季节

让冬天成为长长的休止符

雪花纷纷　表演假象

真正的过客不留痕迹

种子坚硬的外壳

收藏千秋万代

我的内心总有奇妙的感受

河流一样悄悄流淌

转过一道弯

换一种心情再度向前

眼前的事物常常看不见

要用一年才知四季

要用一生才明白一天

要用前面的波浪
才能寻找到后面的波浪

在生长的各个环节
在每一天的神秘时刻
总是欲语还休

在春天旅行

在春天旅行
我悄悄踏过了
一道门槛　春天总是
在一朵小花的微笑上
践约　一阵风吹
我看到弱花三千

我在自己的身体里居住
在神秘的地方刻下记忆
不知什么地方
灵魂隐藏
我们在春天的雨水里长大
日渐成熟的居所
却充满感伤

走动的脚步

像时间一样安静

记忆里开始没有新鲜的事物

在秋天的门槛我就遥望

春天　在春天的雨幕后

我在怀念秋天　相隔的季节

不能一同出现

我就像一个单纯的孩子

其间穿来穿去

夏天冬天　热情与冷酷的邻居

我表现得像个匆匆过客

挥汗如雨　蛙一样跳入水里

咳嗽　缩成一团　把动物的皮毛披在肩上

像农民把稻草盖在屋顶

当我沉迷这简单的游戏

不觉居所早已陈旧

它很快塌陷　化为泥土

记忆与灵魂

无处保存

不知道穿过春天

可有一个天堂

幻想灵魂出现在一朵小花上

我把春天当成自己的居所

秋天到来　它就只是一个睡眠

那时　我已是春天的居民

三月十八日晚上

这个晚上
虫鸣鸟语在 CD 机里
来自瑞士的罗春湖畔
班得瑞　喜欢大自然的乐队
采集春天的声音

这个夜晚
搬迁的江南新居里
地产商种下的古木
正变得湿润
开挖的池塘边
播放着电声的蛙鸣

夜色已深
窗外的一只虫子

唱着怯怯的歌
它与我一样迁居而来
还是土著?

土地　每一寸泥翻过后
混凝土还在搅拌
白炽灯下　水泥在切割包围着泥土
失眠的虫
在春天放歌
春天让天空下了一场雨

我敲敲窗　密封旳落地窗
声音花苞一样凋落
虫声来自窗外
还是遥远的记忆?

最纯净的虫鸣鸟语
在先进的数位采样技术里

保存　像花缎一样买回家
就像给城市的春天
穿上一件衣裳

飞过夏季

那个夏天
我经常鸟一样
飞过我居住的城市
翅膀悬挂在钢铁的机翼
舷舱内　我的眼睛张开
有鸟翅一样翔动的想象
心的海洋宽如云涌

俯瞰
房子整齐地朝向地下
像木楔打入泥土
永远没有远行的计划
栖身其间，只有在上空
才发现自己的梦想与欲望
才发现它们只是房子

木楔一样区分于肉体

一次又一次

飞越城市　它模样新奇

摧毁着我平日的印象

某些时候　我觉得自己

就是属于天空

广大　深邃　不可捉摸……

一些时候　在街头

汹涌的人潮里

脑内涌起尘埃　芸芸众生　蚂蚁

以及类似的词汇

蝗虫在草坪起起落落

忘记了头上的天

夏天　我常常抬头

发现马群在天空飞奔

那个夏天

我把幻觉

带入自己吃喝拉撒的生活

让自己跳蚤似的从油盐酱醋中

起飞　坚定的水泥

恍惚起来　如同强烈地震

心在遥远而不可知的空间

翔动　我看到蜗居在体内的自己

微小的巢穴

异样的风景

像风暴

想象不可抑止

夜航

大陆漂远

无影无光的波涛层层深入

海　一支口香糖

粘住天空

空间暧昧

从一座岛屿到一座城市

没有风景

只有时间的距离

穿过这个夜晚

灯红酒绿就在原地呈现

我正在它的返程上

灯红酒绿的返程上

而现在在发生摇晃

我的身体呈现了奇异感受
我的感受来自身体的海洋
感觉的鱼深潜海底
没有光　没有边际
即使太阳跃上海面
它仍在黑暗中　就像无数的乐曲
沉默在钢琴的键盘里

从一座岛屿到一座城市
我穿越了自身的黑暗
我在自己的身体里泅渡
房门早已紧闭　窗外只有房内的
倒影　只有一部看不到的
机器　在想象中推进
一只耳朵听到了
另一只耳朵也听到了

而夜晚的另一边

码头上的阳光在脑海里

一直照耀着

谁能置身事外

在空气的上面　天穹洁净
一如黑洞的想象
太阳被勒索　丢失了
闪闪发亮的镍币
星星的呐喊变成缄默
蓝茵茵的空气呈现地球的
形状　边际模糊
像巨大的山体显形
然后　行走的道路抛弃
寥廓空间　脚步是蝼蚁的行径

空气坚硬　托举钢铁的翅膀
宇宙在肩上　空虚得没有止境
飘飞的气体　不守规矩
却不会坠入深渊——

我们在一起　是真正的同盟

我们无可逃遁

平稳的机舱

巨大的声响　响彻空气的内部

像尘埃直落海底的土地

又是谁深入我的体内

悄悄与血液同行

像大地上的河流渗入

每一寸土地

谁能置身事外

包括最细微的爬虫

包括在土地深处做梦的芽床

像回首往事　在靛蓝一片的光里

我试图洞悉它的意志

如同洞悉命运　洞悉万物运行的定律

这一刻　天空这样神秘

在精神的领地下一场大雾

却闪耀神性的光芒

在凝望的眼里　世界变得如此美妙

野火中原

秋天在上

火车在下

回旋的时空　驮着落日黄昏

割断的生长　流放了

农民的背影

南方的诗人坐落窗前

中原沃土　动荡不宁

无风的旷野

又枯又湿的火苗

独自燃烧　一堆一堆

点亮天幕深处的秋季

黯然的中原在成片的火光里

裸露　冰凉的窗玻璃

裸露眼睛里的张望

薪火相传——

一个词在火中复活

这一夜　古老的词句在寻找

自己的灵魂　祖先的灵魂

这一夜　我看见夏天绿油油的庄稼

看见青年第一次张望着的中原

看见中年的思绪　秋天的篝火

黑暗里朦胧的面容

4月24日从郑州到菏泽

我如果是一个瓜

把种子放在自己的瓢里

然后　轮子一样旋转

轮子一样滚上了高速公路

我其实只是一粒籽

在高速行驶的大巴里

我看到了中原辽阔的土地

辽阔得让我跑一整天

也落不下来　平原取消了差别

所有的田野是小麦的田野

所有的村庄是同一个村庄

所有的杨树是同一排杨树

甚至所有的春天也是

同一个春天

只有黄河越流越高
它到了土地的上面
我的睡眠也越来越高
像寂寞　它到了种子的上面
小麦和杨树的叶是今年的日子
我和土地都是老日子
老日子需要睡眠

中原　或可从睡眠中唤醒

父亲的三亚之行

父亲从湖南来

湖南飞着大雪

父亲到了三亚

想不到　冬天的三亚

穿衬衫　稻田里一行行秧苗

正在返绿

父亲把惊讶藏在心里

走在三亚路上

父亲的世界正在变形

他看到夏天冬天

一齐出现

正月初六

父亲在大海边漫步

在海边的房间晚宴
大校给父亲敬酒
房地产商向父亲敬酒
大校兴奋地谈自己的
青云史

这一顿酒喝掉了父亲
一年的收成

夜里　在长着椰子树的
大院　散步的父亲
谈兴很浓，他不满意
当了一回听众
如果讲起耕作　他说
大校就是他的听众

路灯下　父亲说着自己的生活
滔滔不绝

像春夏秋冬

每年都在重复自己

南方诗人

这个冬天　有点寒冷

朔风让路灯缩成一团

这么多的兄弟

他们不顾寒流的手指

敲打体内的骨头

大街上匆匆穿过

他们理一理单薄的衣服

就从一个车站消失

或者一个车站出现

一些房间他们聚首

或者一些房间在争论

最后　总是躺在语言的床面

挣扎　虚荣　孤单　幻想

难以自拔

依靠诗人的经历

自况

他们是一帮好兄弟
酗酗酒　吐吐烟圈
赤裸地谈论女人
明天的工作还很遥远
总是把时间当成私货
看着富人的财富
像看广告牌
看到南方的灯红酒绿
像灰尘落满一身
他们栖身物质的都市
像一群候鸟
在森林里筑巢
飞上高高的天空
总想云朵变成家

猛禽们进入捕获的季节

他们却在歌唱

害怕自己歌喉不够嘹亮

黑夜一样

那是他们内心的忧伤

这一刻　会是个问题

这一刻　会是个问题
我从阴影下的小街
走向大街的宽敞
突然停止了脚步

晨光迎面扑来
阳光的果浆
在转角的玻璃房满溢
如透亮的高脚杯
漫灌　颤动　芬芳
照亮了冬天
这一刻如此感动
感受到一种安宁
一个季节笼罩的安宁

站在和暖的阳光下

街上是匆匆脚步

急转的车轮

惟我跟随光的移动

一寸一寸挪移

嘈杂似乎很远

慢慢离开的转角

身后的阴影一步步在覆盖

玻璃房　一朵干瘪的稻花

夏天一样凋谢

天空正在降临

蓝色如此空荡

突然间惊心动魄

令人惊骇

感觉阴影的挪动藏着问题

感觉阴影中房子的空洞

有什么东西

与我同在

这一刻　却不被感知

音画

那朵云正低低走过山岗
大地上的投影起伏　漂移
滑下河堤

河堤
正泛着绿色的忧郁

太阳在右肩后
阳光那么暧昧不清
多么奇妙　我与你的眼睛
都看到了同样的风景
我们在遥远空间延伸的
视线　一块疯跑

它们跑过河床　丘陵

地平线

前进　前进　再前进

像一对车轮

亲密而不碰撞　像顽童

会心地笑

在同一样景物上停下来

喘息　端详

它们都没回头看身后的太阳

这时候　我们听到了

青草挣扎的声音

一只蚂蚁爬到了衣领上

登高放眼　它漆黑一团

你雪白的脖颈　冰清玉洁

声音

声音的运动
在空气内部

声音是只蜻蜓
点水的瞬间
颤动了听觉器官

声音的花朵
在器官外凋谢
沉默的声音
是腐烂草叶
归于泥土
声音的五彩缤纷
是一万朵花瓣
藏匿于土地的幻想

大地上的行动

像神秘的女人

喑哑的思想是个例外

启封大地声音的仓储

声音升腾　像乌云爬满了

天空

我听到手术刀切开脑皮的

声音　像一朵玫瑰开放

我看到血落耳根的

声音　像一只悄悄出发的蚂蚁

我看到人群拥抱　纠集　互相混淆视听

不让寂寞降临

喧嚣的市声

结成茧　裹挟人群

二十一世纪像只扩音器

声音的肿瘤

光辉灿烂

春天的欲望

在沃土里糜烂

声音颓败的气息

如一管尾气

路上的名字

渭南　华阴　潼关　华山　灞桥　渭河

临潼　罗敷　未央　华清池　阎良　骊山

咸阳　韩城　蓝田　商洛　汉中　曲江

终南山　高陵　黄陵　汉城　周陵　乾县……

辽远记忆唤醒

黄河流域黄土地上分割开的

称呼　在这个阴天的下午

说话

这些没有到过的地方

是我久违的故地

一粒饱满的物质

击中隐秘的伤痛

文字幽幽回想

在我身体内寻找故乡

地名的连接

史诗般凸现

秦简一样的西部

咸阳至华山的高速公路

蓝色路牌高高举起

是时间的路标举在岁月

记忆举起于历史

一个一个复活前尘往事

三千年　青山绿树不死

天地孕育的名字不死

从前岁月在一个地方

留守　活着的名字被时间和生命喂养

成语老了它还年轻

典故旧了它还清新

穿 T 恤衬衫的陕西人

都像秦的后人

一路的玉米地都成秦的玉米地

召唤远离的人返归乡梓

钢筋玻璃的城　红砖红瓦的村
秦川八百里望不到头
广告牌、立交桥挤碎新旧时间
奇异的感觉
西安绕城高速路上的狂奔
被名字们簇拥
却进入不了长安

渭河上一场细雨
落不到今朝
哪怕我蹒跚桥头
打湿了蓝色衬衫

在一张纸上记下一路地名
像一个行为艺术家
手或者是车的颤抖

一个个汉字跳动

鱼跃般不为纸面所困

仿佛纸面是口池塘

第 3 章

分手
Separation

分手

把一只手分成两只手
把你的手分成我的手
把一只手远去　代表你
把一只手留在这里
表示我

把你的手分得小一点
享受阳光
把我的手留得粗一些
抵抗风暴

你的手　结满红豆
在南国的秋天沉思
我的手　高擎起白杨的叶片
在无垠的北方远眺

候鸟们一寒一暖

问候着彼此的距离

思念的季候风

传荡着我们的温情

许多个夜晚　　因此

有了灵魂和血

许多展示的手势

暗含更动人的意蕴

而我们合手的时分

总有一次精彩的出演——

掌声四起

是春天的雷

鼓舞我们流泪

就在这一刻

乌云拥抱的力量

倾斜了天空

海在山南

此时暗淡的时光

是你的归期

黑夜一样迫近

心那么弱小

乌云吞噬了山脉

如绾之髻

站在你面前

仿佛站了一个世纪

站得泥土崩裂　植被枯竭

风从世纪深处吹来

眼前的路

却无法迈步

恍若来世的风景

夜色开始埋葬乌云

我们走向荒原

视线之下

野苇摇曳　白鹭归巢

大海隐匿

聆听得到分手的时间

嘀嗒嘀嗒

就在这一刻

就在这一刻

相隔千年

这是背对你的方向

这是背对你的方向
寒流只在顷刻
就像思念　不分纬度
我是一棵杨树
突然站到了北方的原野
落尽树叶
这一天如此漫长
所有的树木长出了年轮

高速路的瞳仁
一排排尾灯
灿若迷魂之路
暖意那么暧昧
今夜　我从天而降
带来远处的海浪

独自汹涌

如万家灯火漂流

一座陌生的城

插入谁的回忆

由此叠映　梦幻

仿佛一场海啸

仿佛你是震中

千万条道路

都在碎裂

都在分离

这一天如此漫长

朝如青丝

暮成雪

你的温柔从此不再

夜在零星的灯光里

散落为积雨

一扫而过的灯光照出寂寥的步子

呈现的空无

不只在台风前夜

大理石般的寂静

虚幻一刻世界正失去边际

谁的心荒芜

比春天的蓼草更杂乱

天空有海藻的味道

记忆像骨头一样持久

不被看见的车

车场内动物一样静卧

一些瞬间似有若无

却以伤害的方式一寸寸占有

冷空气渗入海浪

浪花愈加凛冽

石头的牙齿咬紧街的沿

等待吞没空洞的脚步

灾难的气息挂上云端

厚得被风强攻

台风夜

海在耳畔

鱼在天空

像一条舌头

你的温柔从此不再

转眼失去的你的容颜

竖立的云团

投影爬上大陆

千山似雪

只影飞渡

一轮轮如同呐喊

岭南的花束

遍地晨阳

南中国海天穹深邃

我飞入了海一样的蓝

与君决绝

一如长风吹送

苍茫万里

暮云横卧

天地欲合

这是京郊之云

于北方一朵朵细碎

已然倦怠

夕阳燃烧

柿子树山楂树叶片静默

一种怎样的旅行

万物沉潜于秋

宛如穿过了自己的血脉

乳白体的情感

南北拉伸

恍然身体的车裂

灵魂脱壳肉体

花木拔离了泥土

撕裂的纬度

坚如韧带

转眼失去的你的容颜
如同溺水千里

歌与哭

歌与哭
人生的册页
如晨钟暮鼓
充斥修行的日月

你的笑脸
陷落在那夜的路途
从此岁月空白又寂静
并无哭泣
淹没现实的
不是这雨雾天气
不是快速伸展又更快抽离的
水泥路面
不是朝夕蜂拥而来的楼宇
不真实的世界

一如时间之后的你

还有比心更远的地方
什么东西正在碎裂

那些瞬间

那些瞬间
脉冲一样
唤醒记忆
呈现的一刻
触碰暗夜里的人

海在门外呼吸
大风似的呜咽
往事掠过
深处的光
午荷般熄灭
忘川比海辽阔

．．．．．．．．．．．．

无题

渴望倾诉

渴望在一个夜晚

陷入一场回忆

曾经的心痛　曾经的感动

曾经战栗过的瞬间

曾经独自高原流浪

冰雪无援中陡生的幻想——

木棉一样　突然绽放

鲜血的颜色

让铁枝般的躯干

不再囚禁生命的秘密

渴望一场豪雨

在春天　她是淅沥的缠绵的

呢喃在寂寞的晨昏

蓄积的时间　早已漫过季节的门槛

漫长的释放——

只为不酿成夏日里的风暴

春雷一样炸裂

我让你从平凡的生活中

抬起头来　凝视天空

灵魂在电火一般燃烧

渴望只是你根下的尘泥

收集凋谢的日子

聚成永恒的坚守

渴望千里万里的飞翔

都只在你梦中滑过

珠露滚过蓓蕾

是你银铃般的笑靥

只要让我歌唱　哪怕声音喑哑

我都是一首歌谣

地北天南吟唱

如果爱得足够

来回奔赴的火车　不夜的都市
失去爱之前
它们都跟我飞翔
世界　只是一个安静的舞台

你的裙子穿过纷然的离聚与不眠
白与昼漂移
我站在原地　伸出手
说不完的一句话
是青果结在唇边
瞬间的永恒
雕塑了这一年的这一刻
一种姿态穿透所有的日子
有着锐利的角度

只有奔跑的影子

动荡　挣扎

物质耀目又斑斓

在这异乡的都市

你是我充满青草气息的归途

如果爱得足够

世界就是一个包袱

可以轻轻抛掉

携带

跟我上路

每一座城市或者乡村

在手中像房门一样打开

陌生的房间

因为有你孩子一样的话语

叽叽喳喳　亲切无比

它们是我们的家

流动不驻　挤痛回忆

像火柴盒　密实　封闭

温暖随时可以点燃

甚至跟你说话　也像从前一样争吵

但空荡的房间容不了一刻的真实——

把幻景当真

一生都在曾经停留　一刹那的惊喜

却如此真实

闪电一般照亮了孤寂的旅程

在这绵延又短暂的时刻

我的眼睛该有多么明媚

双城

两城相距

相依为命的人

相互倾听　或是靠近或是走远

午夜里的送别

像台风一般刮在心里

几乎无力抵抗　摧毁一切

孤独是夜幕放大的猛兽

疼痛投掷重重的铁器

在一个人躺下的时候

铿然作声

一次次的伤痛

命运一样抵押给了

巨型而奢华的车站

高铁　高铁　呼啸无声

在一张张堆积的票根里

远去无踪

两座城市　　两个孤岛

之间不再有跫音响起

不再有倾听和期待

城市一天一天膨胀

却像两个彼此遗弃的孤儿

像深入腹地一万年

房子就在分手的一刻

成为废墟

夺门而出　无处奔逃

行凶者　空荡无物

漆黑之夜　谁在埋葬

从前

从前　在胸腔呼吸

这一刻等待下一刻的窒息

从前　尘土一样多

砸下来

埋葬日子

溢出了往事的壁垒

惟把从前当前世

从此改名换姓

从此失忆

从此　熟知皆为陌生

某些时刻　人声鼎沸

灯火万家

前世的生活

让生命蝉蜕

一个久远的微笑

几重人世的穿越

重峦叠嶂

为什么胸口这么痛

像深入腹地一万年

夜的海滩

丝绸一样滑落的水

涌动夜色

闪电让大海低下去

一个又一个瞬间醒来　高处

涨得青紫　浓稠如劫

幻景处处

把你的小手交出来

因为辽阔　举起来的姿势

也那么辽阔

风似言语掀起裙裾

这一刻看不见你的足印

不要证明什么

不要向谁许诺

诡异的前程

迷惘的心

只有闪电刹那穿透

那个词语

诗中词语

四十年　我们

相濡以沫

四十年　我努力认识更多的字

挖掘它们更深的内涵

坚持不将它们遗忘

多少年　我把一个词语藏起来

像水把鱼儿藏起来

天空把白云藏起来

身体把心藏起来

快乐把忧愁藏起来

藏得天高地厚

海枯石烂

不能发现

像人群中你看不见我

像看不见一个人内心的疼

像辞海中的词语独自疼痛

像哭泣的时候黑暗已经

盖住了脸庞

像思念的时候

所有的文字有了泪光

已经忘记对你说出

那个词语

后世前缘

一生一世的缘

正藏在你的眼里

被你带着晃过多少

世纪

这个沉静的

中午　从你的眼

我看到我的未来

看到从前　如何变成了

一次漫长的

等候

言说之眼　沉默之唇

梦幻如你这般

数年前的一瞥

正游过时间之水

溯回现在　溯回到这个

小小空间　记忆正在

涨潮　那么久远地回溯

仿佛前尘往事

漫不经心的生活

匆匆的身影

原是孤单

我的完整

只在这个午后

转身

这样平静
你转身而去　身后是初夏
紫荆的阴影
路上的车　往来穿梭
都是寻常场景
心为何隐痛
你的背影　像弹过琴弦的
急弓
像相知多年——
你把一切带走

我给你说了什么
滔滔不绝　用语言
掩蔽着　像另一个
饶舌的人

涌动的情感

地底沉默

却是熔岩的炽烈

只有这一刻

心这样空虚

在突然转身的背影里

离别　只是轻轻挥手

不能说出那声"再见"

不能　口已微启

却没有声音——

平常的告别

已不同以往

单行道

你上了一条单行道
你固持己见
不屑入口
醒目的警示

星光黯淡的
夜里
罔顾所有的理由
直到凌晨一刻
无法绕过

你把车祸说成是
爱情的葬礼
这只不过是无法坚持委婉的
一次拒绝

车祸

分离之后
我
就是你的车祸

把我当作名字
那不关你的一生
在名字的下面
没有一件东西
名实相符
除非　爱情是场败北的
劫持

第四章

西部阵风
Western winds

苦聪人在歌唱

你不知道自己表演的其实是忧郁

你不知道风吹过去　歌声跟着风走掉

你不知道来的是一群作家

没有官员　没有救济　没有献爱心作秀

我们全体都不会表演

只有你的表演　已经上演一百次

一百次的施舍　不能改变你的命运

只要有从豪华轿车钻出来的人

你就从泥巴墙上取下祖传的三弦琴

你就把只有五个补丁的衣服

换下有十个补丁的衣服

你就把笑容挂到忧郁的脸上

把小小地坪跳得尘土飞扬

苦聪人的歌唱　不再是爱情

是饥饿的记忆　寒冷的石头

以及疾病击倒的亲人

我的目光越过一百次的吟唱

看到了身后的大山

大山上悠悠闲闲的白云

河流在峡谷缩成了一根银丝

还能走出山寨吗

险恶的山坡早已设下陷阱

世界这样遥远　哀牢山是个远古传说

传说的人物　半山腰里拉手舞蹈

我与传说握手　右手是现代旅行——

防晒霜　CK 表　数码相机

左手是土著——老茧　泥巴　草屑

以及黑暗一样深的肤色

但是哀牢山——

用一只手　将我从光明滑向了

没有一滴光芒的黑夜

而一个黄昏　因为你的吟唱
无法再回到众多黄昏的序列
一座城市张牙舞爪
被你无边的黑暗湮没

过哀牢山峡谷

一个村庄　用一条峡谷来隐蔽
一条峡谷　用一面陡峭的山坡来藏匿
陡坡迎客　立成悬崖

一个人用整个下午寻觅
却不知寻觅什么
雨追随　阳光玩它的游戏
峡谷朝下打开　地层裸露
一百年不遇　异乡人进入村庄

板栗树上结着一个鸟巢
鸟巢的广场是峡谷
一个人把树皮的房子住老
一双脚板把路走老
鸟巢把自己住老

老了的路往寨子的家跑

寨子是大地的鸟巢
寨子悬挂山腰
庄稼悬挂山腰
竖立的风景　五彩斑斓
走通一个村庄
就找到了世界之外的
又一条通道

下关风

不在三月　不在少年

归去来兮

记忆酿造出的天空

长风劲吹　吹过你灰色屋檐

吹过岁月深远的晦暗

甚至忆念的空白

文字的缝隙

古国南诏摇曳的虚像

茶花一样无依

洱海　何时变为心海

挂念的利器刺过海底

八年前的一个凝眸

漂流在湖面

像你的弃儿

现在　下关风托举钢铁翅膀

烈酒一样的风

飘忽里几乎让我坠机

把一个中年摔碎

也不能返回一个青年

深夜　擦着你的波澜缓行

诺言在时间里正变成谎言

月亮的一次缅怀之旅

千年南诏不肯践约

月光　一半黑在苍山

　　　　一半亮在洱海

两眼空茫的风

全成脱缰的马群

八年　一只倦怠的纸鸢

风里鼓翮　没有收线人

像一座古城

我成了你的前朝遗民

喜马拉雅山下

天上的雪峰　神的殿堂
接纳我逡巡的目光
纵有大地相连　迈动的双腿
只能徘徊在遥遥谷地
抵达不了圣洁的天庭

圣湖边缥缈的藏歌
黑夜里潜行草原的河流
如风的行者的跫音
都是远行人无边的遐思

牦牛踏开的土地
羚羊飞奔出的草原——
大地紧绷的羯鼓
游牧者守望的家园

岂止是风景如画

岂止是追你到天边的漫游

云朵般留下浮影

找不到风雪里扎下去的根

不只是行走　更有灵魂的洗礼

高原　苍鹰与神同在

寒冷的头昏目眩的高原

疲惫的饥渴的高原

让我千百次感受你冷峻的光辉

承受你永远的缄默

只把六字真言带走

长旅中心念口诵

一遍又一遍

波密

这是波巴人的城

暮色倏然暗去

深秋的风灌满我每一个口袋

走出雅鲁藏布大峡谷

我衣冠不整　蓬头垢面

习惯跋涉山道的双脚

水泥路上一如飘然滑行

渐次点亮的灯

是真实的海市蜃楼

曾经熟悉的家园

阔别的时光里

不再有苦楝的婆娑

灯火潜入思想的深处

街道在踝骨的记忆里

滞留在衣袖上的黄昏
路人的询问恍若梦游
从前的灯光
让藏民的面容
无法真实

光明的街照亮了时间
我抚摸得到
肩头上的梦
在黄昏的里面
和它的外面
我放逐着夸张的步子
我像是自己的乘客

布依姑娘

水从水里跳跃
光从光中闪耀
你从心灵的期待
升起期待

布依姑娘
云贵高原之上
有多少幸福的笑容
把天空照亮

你是一轮月牙

你是一轮月牙

七月的残雪

卧于天山

无邪的目光正抚过怪坡

像汉时的注视

一千年　那场久困的战争

仍在呼喊　格斗

虽然城池成了麦地

虽然麦地的上空寂静无声

神仍在光临

今夜　继续着你的传说

我滑过一座座山峰

山那面的云杉

总在躲藏

总在幽暗中一闪一闪

像武士隐蔽背阴之地

不露声色

像哲人陷入沉思

寂寞是你的营养

风的喧哗　把一个时代吹向山坳

你的沉睡　驱走死亡

大地悄悄起伏

那么多的波浪

全都喑哑无声

举着干草　举着麦穗

漫坡的奢华

全在风中摇晃

灵魂在天空游弋

云朵早在记忆里换岗

你仍在注视着

我的江布拉克
离了万里的距离
今夜的月光
已经瘦成了一弯麦芽

将军戈壁

你不只是诱骗了一位将军

以海市蜃楼

那个虚幻中的湖

让焦渴的唐朝军队深入

荒漠　从此

千年再无音讯

今夜　我眼里的月光

被你灼伤

沿着奇台到青河的路

青白的光芒飞溅

如煮沸的水

死亡栖息荒原

停留在一只恐龙化石上

它的领地比戈壁深广

荒原这么年轻

松　柏　苏铁　真蕨

聚集于石树沟　老鹰沟

以树的姿势

有的伐倒待运

有的刺天而立

戈壁的侵袭没有狼烟

时间风暴中的森林

站成了一片硅化林

侏罗纪的远去

只带走了它的春天

西风长吹

吹动万里风沙

浩荡沙石响声辚辚

宽过海洋

你的空旷令风迷失方向

从西拐向了北方
将军戈壁
没有时间　也没有方位
只有生命在衰老
只有遍地的永恒
触目皆是

夏牧场

夏牧场在摩天楼上
夏牧场高过蓝天
牛羊在车窗外画出剪影
寂静压住了轮胎
清冽的溪流反射玻璃的光芒
哈萨克老人的毡房
气球一样飘浮　江布拉克
那个上午被我带回了都市
于是　穿过夏牧场
视线才能抵达街巷
这漫长的穿越
我的思绪绕过了天山
我的鼻息塞满青草与酸奶
一群哈萨克孩子
马背上放肆地大笑
笑声比一座城市收集的还多

第五章

南方木棉
Southern kapok

南方木棉

木棉树　站在南方的街道
花朵们在它的枝丫里
捉着迷藏

春天的精灵
带着南方的艳丽
藏在树的体内　黑色的体内
在一个夜晚　天堂
从木棉树上经过
像青春从我生命里经过
我看到花蕊上羞红的脸庞
像我漂亮的姊妹
挤在一条小径上

季节在赶路

木棉花穿过南方梅雨天气

总是雾气缠绕

南方的街巷

抬眼间　总望见每天的

惊喜

来不及叹息

像尖锐的疼痛

枝丫上　木棉花转身而去

沉甸甸的花瓣

只留给大地一声钝响

春天在一个夜晚坠落

春天的伤痛　像一个背影

是我们哪一年的记忆

不再陌生
——写在香港回归 10 周年

一百年疏远你

十年走近你

分离与回归

走成一个民族觉醒之路

香港　一个支点

撬动

几千年的沉积纷纷剥落

一百年　我不曾来到这个世界

甚至我的祖父

遥远的记忆冷却成了文字

成了发黄的照片——

穿长袍马褂横卧床榻的人

抽鸦片的狼狈模样

一个民族的危难

毕现无遗

虎门炮台　销烟池　一条奔腾向海的

珠江　可睹可抚

历史想象的源头　大地上

一刻也不曾离去

记得那个夏天

走近中英街的一个水泥墩

一条界线即成咫尺天涯

越界的视线向南窥探

狭窄的巷道

穿制服的港警

晃荡的警棍

远处　一样的青山

想象与琳琅满目的商品堆积

茫然　纷攘　含义模糊

多年后　在维多利亚港徜徉

高楼把虹霓投向海的深处

东方之珠　从一首歌

到身边真实刚劲的混凝土

最深沉的梦境

落到了一个小小躯体上

相连的陆地　相连的陌生与亲切

欲拒还迎的迷乱心绪

一夜的流连　体会

一百年的浸淫

苦难与屈辱一同塑造的

母与子

不知如何相处

十年　再过罗湖桥

记忆驱逐着

如霭的陌生

允诺着明天

南中国海的岸线

曲折　惟一

众多河流进入海洋

带着大陆架的气味

沉没了历史的信息

曾经波涛上的帆影

老唱片一样

在云一般逝去的年华里

送走祖辈的渔歌

平底船来自西方

绕过了好望角的暗礁

从南亚次大陆再度出发

把锚深深抛进十六世纪里

抛在南中国海岸的无名半岛

海水泡过的地球仪

漂过自身的三大洋

在洋流上世界缓缓转动

星移斗转

似是而非

亦幻亦真

一座城市广场

浪线低低涌起

踏浪者人潮如鲫

高楼　霓虹

困乏的下午茶

沙滩上投下棕榈树阴影

想象中的鱼

一群舢板

正在冲浪

澳门　珠海

一座老城挨着一座新城

时间回旋倒流

在车轮上加速

巨量水泥的城市

如此骚动不宁

高空玻璃上的晨光

仿佛神的注目

允诺着明天

过伶仃洋

过伶仃洋

诗人曾经过得凄风苦雨

一条囚禁的船

海如苍茫心绪

古老的海域

凄美的诗句

翻动悠远的时光

过伶仃洋

我在海面上漫步

阳光如此平静

仿佛魔幻

一条宽广的大道

伸向海的深处

就像一把银梳

横在伶仃洋上

船舶变作火柴盒

高高涌起的波涛

细如纹丝

大海成了一张

平展光洁的彩纸

高耸之齿

让世界失真

地理正在纠正

历史却已恍然

过伶仃洋

曾经的蛮荒

洒过一个朝廷的血泪

一批批北方迁徙者

落籍珠江

一群葡萄牙的平底船

一支日不落帝国的舰队
一种物品鸦片
如同不祥的云影
沉入波涛

过伶仃洋
港珠澳大桥
海面上飞腾
海底深处钻行
随心所欲
任由想象恣肆
神的力量
落到了人间
就如一次壮阔的授勋
我愿把一座跨海大桥
比作一条绶带
为一个时代挂彩

一棵凤凰树

一棵凤凰树
在露珠里呈现
春天在你的
手上　如一瓣嫩芽
玉树临风的枝丫
潜伏的文字
不肯泄露一个季节的
秘密

生长　却没有足迹
你的气息像深夜里的大地
几许朦胧　几许温存
我与你的目光一起迷失

一棵凤凰树

沉默在初春的晚上
纤细的叶　轻轻相触
像来自指尖的颤抖
欲积聚一生的力量
吐露　像桃花炸开
宣示树枝蕴藏的红
像春雷一声
飘逸的云朵只是雨的
伪装

一棵凤凰树
隐蔽地生长
是你手掌延伸的指纹
命运的玄机暗藏
内心的惊喜
掠过的倩影
真实的白日梦——
我们指尖相触的一瞬
一生的道路都被照亮

过清远北江

有一阵恍惚
错把山头的积雨云
当作巫山云雾
风低低地吹来
掀起一江清波
掩饰水流的动向
你以为一切还是从前
那一年的三峡
那一年的年龄
像一朵浪花涌起来了
波光粼粼　涛声簌簌
相仿的景象
抹去了时间的去向

总有鱼江上捕获

总有一种味道

属于江湖生活

锅盆碗筷的响动

黧黑手背的起落

淳朴笑脸的相迎

都是野生

在满眼的波涛里

城市混凝土的高楼

遥远清凉的梦

如脱去的时间之壳

岸边上　我一次次返青

另一种农活

鸡还在凌晨打鸣

黎明前　木质农具

遁入记忆的黑暗

犁铧的光　分明还

飘浮在温热的土地之上

一朝醒来　千年不变的动作

也已失传

一切随着那条水牛走出了家门

卖牛的那个日子

低头看惯土地的眼睛

望了望肩胛上的天

生活从此不再弯腰

晨曦里　睁开眼睛

是天天长高的荔枝树

绿了山脚　也绿了山坡

与山那边的海

同样波涛起伏

生活就在这样的海域成长

什么时候学会了吆喝

荔枝干摆在透明的柜台

柜台外是上山的游人

山顶上一棵荔枝红

种树人来自遥远的中南海

别样的风景　是自己的

家乡　一骑红尘

自高力士故乡高州扬蹄

牵出千年不散的因缘

妃子笑在你怯生生的

吆喝里　变得又糯又香

我把南中国的海岸走遍

我把南中国的海岸走遍
我把脚印留在鸡形小岛之上
总有一个远方
躯体之外　放逐灵魂

海边　山头　树林
同样的阳光
从我的头上洒下来
一泻如瀑
我静听世界在远处无声无息
我在世界的边缘迈步　冥思

我等待来自北方的诗人
我们向着西方飞奔
深秋的这一天

我看到北方干冷阳光的记忆

在诗人身上犹疑

那里有清晨的薄雾

午后的茂名　阳光降落

是南方燥热的表情

拥有如此广阔的海洋

拥有如此清新的海风

吹得大地洁净　像新大陆的音符

在如海的阳光里

感念天地万物

中心与边缘的感觉只在闪念

远方在消失　心停止冥想

波光洗去了都市的匆迫

阳光的温暖消融着清晨的寒意

蔚蓝与透明放纵诗人的目光

我的灵魂一如波涛

闪烁深深的遗忘

像慢慢抽出的花瓣

种稻一样

把荔枝树种上

村前屋后的山岭

不再弯腰插秧

不再挥镰如舞

只把头在六月高仰

把双手举过头顶

采下一个饱满的夏季

那朵荔枝红

就是一个盛大的节日

点燃了漫山遍野的期望

荔枝树

人与土地达成的

默契　就像鱼与水

花粉与蜜蜂

四季里

从容的生活

像慢慢抽出的花瓣

山路
——致张九龄

鱼形之地

一条古道　绕着鱼肚

走出石头村

离家的脚步

于律水之上飘荡

在大山外回响

张氏宗祠

鱼眼上的砖瓦屋

重塑了昔日祖居的模样

千年桂花树下

追随太阳耕作的后人

同样　不闻车马之喧

鸡鸣犬吠中

七星墩落日迟迟

夜幕山一样高

岑寂夜一样深

时光凝结在

祖先的牌位上

颜色深紫

大唐帝国

一位宰相

从荒僻山陬

走到了山外

平民与帝国

由一条小道诠释

曾经负薪的少年

回报乡梓一条大道

他凿开梅关

连通北江赣江

帝国的动脉贯通南北

从此　家园不再岭外孤悬

重重关山

多少年　平平仄仄

在他无数的诗中

不断吟咏

第六章

欧洲的钟声
Bell in Europe

阿姆斯特丹·黄昏

黄昏行走在阿姆斯特丹

黄昏打量古老的砖墙

黄昏在微波上回眸

黄昏把金箔撒下来

黄昏　大片大片的黄昏

奢侈如年老色衰的富人

黄昏让走在渐浓渐暗光线里的人

找不着回家的路

想起一支小调　它已经古老

刚找到开头　可是

夜晚也落到了大街上　可是

星星的幽光敌不过

集装箱一样满街的灯光

窗

浪漫的人　　总是不觅踪影

背负的想象　　密如发丝

只拿一根作独弦琴

声音喑哑　　如地平线的沉默

在我与世界之间设立一个

窗

窗下设立的石凳

是一种等候

让耳朵等待在窗后

让心等待在藤蔓爬过墙壁之后

没有情歌的夜晚

空荡荡的石凳　　坐着

车流的声音

萨尔茨堡日落

大地降落　黑夜凶猛

黑暗沿着教堂尖塔攀援

涂黑深处的天空

萨尔茨堡山腰涌出潜伏的

奇兵　黑暗的蚂蚁

布满丛林

黑暗窜入萨尔茨河　熄灭

浪花的粼光

它水一样进入一扇扇门窗

黑暗在莫扎特走过的街道

储蓄　掏舀不尽

············

广场音乐　爬过一只只耳朵

像一股波涛　像风

大地颤动了一下　开始沉沦

天空倦慵的眼睛

耷拉一下

它还有光

夜的香榭丽舍

流浪的艺人在夜色里

消失　卖火柴的小姑娘

不再想象温暖

这个夜晚我开始远行

巴黎　人生的驿站

远去与归来之间

收容着我的向往

你是异乡里的故乡

今夜　不沉的花岗石街

繁华洗亮了我的双眸

黑暗中的凯旋门

时间深处的表情

像另一个驿站　另一个大门

曾经的离去与返回

早年就已遥不可及

古堡之门

门
壕沟之上的门
千年前一队兵士手中的门
开在这个黄昏
打开了所有白昼的栅栏
在时间中敞开着

从车水马龙的纽伦堡大街
径直走入凯瑟古堡
14 世纪的木门石墙
"咔嚓"一声惊醒
囤积的时间苏醒
仿佛木门的划痕
只在片刻之间陈旧

它依然为我吱吱而响
像那对兵士打开它时
响得笨拙　从容

米兰杜奥莫大教堂

大雨初晴

米兰　有轨电车间

杜奥莫不经意一现

成群的灰鸽　文字一般

写满广场的稿笺

六百年砌筑的教堂

是一部石头的圣经

火焰一般向着天空飞升

哥特式的尖塔　幻想

接近天堂　灵魂寻找的通道

在幽暗与光亮的空间

装下了一个信仰

跪下的躯体　千年不起

罗马少女泉少女

你就是一泓清泉

水做的少女

琼浆玉液的肢体

流动　颤抖

激起眼中涟漪

柔情轻抚

是你低眉一笑

拢过耳边的金发

犹如我纷纭的思绪

巴黎圣母院圣母

我看到一千张脸安静下来
我看到一千张脸全在黑暗的深处
颂歌飘扬
想象幽冥
想象的一千个画面全是惘然
轻柔的跫音透露肉体的消息
以石现身的圣母　一千年不变的
承诺　可触可摸
灯光下　一千张面孔
石像一样庄严

阳光里　真实的瞬间
有如错觉
一千张脸　欢喜　怅然　沮丧……
都寻找到自己不同的表情

卢森堡教堂

锋利的塔群

逼迫虚无的天空

交出物质的上帝

人们不能忍受

死亡一样的空洞

每个礼拜　　信徒们

聚集在塔下的教堂

祈祷——

苍天无语

刺不透的蓝

蓝得诡秘

圣心教堂钟楼

声音——

来自巴黎圣心教堂

来自拜占庭式的白石建筑

来自石头的钟楼

来自罗马教皇的旨谕

2000 年的震荡

在欧洲大陆一起共鸣

千年的石头一起共鸣

法兰克　凯尔特　日耳曼　撒拉逊……

白色人种　钟声里

歌唱同一个人的名字

——耶稣

诺曼底海滩之树

像从土地里爬出的记忆
天空因想象
    而
     倾斜
一棵树　写尽了风
又被风所写
碾过大西洋浪尖的风
碾过它的身躯
像剃刀
强劲地登陆
卷走了浮云苍狗的岁月
卷走面向海洋的树叶
用一支笔的倾斜角
树　写下艰难生长史
也记下诺曼底一寸一寸
增长的寂寥

贡多拉小船

以水为路
一双蓝布鞋
在水巷里穿行
威尼斯商人
留不下脚印
狂欢节的游客
也不见踪影
千年不弃的鞋
只要你踏上去
一条古老的路
就在它的身上

朱丽叶故乡维罗纳

黄昏　细雨　小街
打湿的维罗纳
躲在一把雨伞后
欲说还休

华灯初上　人群喧嚷
琳琅的物质
遍及天下

爱情需要拐过弯去
爱情在悄然而幽暗的一角
在朱丽叶的阳台上
在一部名著的世代流传中
生长
爱情的留言在石头的墙面

蔓延　像不朽的菌
一条绳梯　迟迟没有抛下

东方的过客
听着伞上呢喃的雨滴
凄然惨然戚然
像李清照的词句
想起了那双黑眼睛
已是万里之外

威尼斯水巷

把一个王国建在海上
千年的浪漫
浮于亚得里亚海
蓝而黑的波涛
是袭向她的无尽岁月
年轻的心老去否

幽深曲折的水巷
神秘莫测

飘出一句咸湿的情话
细听时却藏到了波涛底下
一段父子对白
是一阵海风拂面
海底木桩举起

一夜一夜的梦呓
举起连绵的柔情

一条木橹
在一代又一代人手中
摇摇摆摆

三少女雕像

那一天　已经遥远
时光与谁共度　幸福
让石头发光
爱情分布许多晨昏
青春凝固于大师手中
你们逃过生死　逃过
哀伤　快乐永无枯竭

一个又一个时代　更换
舞台　诱惑却不能穷尽
前生今世的爱情　是同一个
爱情　分割于岁月的青春
是同一个青春
只要轻轻唤一声
石头的胴体会在颤抖中

醒来　那一天
只是相隔一个睡眠的距离
我们继续爱的倾诉

罗马废墟

时间的高度

被罗马的残柱举起

2000 年令人目眩

一群走过的游客是真实

一段帝国传奇是虚构

我在岁月的哪一端

电流一样通行

听到时间的潮水哗哗

响起——

带着咖啡香的少女

留下身体的气息远去

带着手艺的石匠

留下古罗马的石柱消失

哪一个离我更近

我停留在一个黄昏

凝固的这一刻

想象的萋萋芳草

沾满了现实的夕阳

纽伦堡廊桥

遗梦廊桥

柳的发丝　温存如沐

低低　低过秋波盈盈

柔的波　碎了别后

相思

像心一样蓝着

蓝得诡秘　玄妙

谁走过廊桥了

不遗一个跫音

让时现时隐的风跟随

岁月的帘垂下

阴影重重　一寸一寸

掩饰曾经的心情

新天鹅堡

马鞭响处
游客爬上一个年代

巴伐利亚国王银色之梦
飞过中世纪门槛
停在悬崖峭壁

阿尔卑斯
抱起一个童话

我们心里
抱着童年的梦

复活的白雪公主
爬上山来　走下山去

依然只是画中风景

国王的新天鹅堡
不肯走出梦境

巴黎蓬皮杜广场少女

这个中午　有风
北半球的风吹进记忆
这个中午一群少女
用笑声诠释蓬皮杜
诠释阳光的温馨
少女体态恣肆
躺在石头的街上
躺成一线
抛弃了大脑　让身体
摆布身体　自由
也是躯体的欲望
于是　精神御风飞扬

大师

大师　纷纷破土
大师成长起来如同拔节
如同某一个早晨
你敲开我的房门
笑容可掬

大师　开始挂牌营业
顾客　是毕加索的
坐在椅子上的女人
每一个部位的色彩
代表人类的某一种欲望
大师的笔　折散后
又一件件拼装

大师　不懂外科手术

只临摹过《格尔尼卡》

大师动情的时候

眼珠是灯泡

使每一个走进房间的人

都会橘黄色地笑

有一年　凡·高割了自己的耳朵

向日葵就代替了

他的听觉器官　并且

在他死后　帮他收集

另一个世界的声音

于是　大师们想证明

自己并非逃不出听觉器官

制造了大量假象和矫情

并在深夜出动

与基地组织一起上演恐怖

大师　从此挺拔高俊

再也想象不出他的过去
名字在咖啡间流行
名字们一个个秘而不语
名字们一个个寻找酒
寻找女人的眼睛
只有感觉　没有听觉

第七章

非洲的眺望
Overlooking in Africa

大地的声音

成排的木板下悬着

成排的羊角

叮叮当当　树木与羊角的合奏

像水滴碰击岩石

共鸣来自羊角尖锐的空间

黑色的手的舞蹈

在赞比西河码头

在直升机场蓑草屋下

这是非洲的声音

酒杯一样高耸的皮鼓

骤然响起在

赤足踏起尘土的时分

舞蹈带动剧烈的风　阳光

它们都在稀树草原深处

与黑夜一样的皮肤跃动

这是旱季非洲

在飞行中俯冲

一次又一次时间的投入

非洲呈现出每一天的面容

一座缓慢的大陆　黄褐　干枯

合乎想象的面目

缓慢生长的树木

离开了蓑草　棵棵孤立无依

它们遮挡不了巨大动物的身影

大象之脚敲击干渴大地

潜藏的雄狮不闻低沉的嘶吼

舌尖抚过树冠

长颈鹿卷走仅有的树叶……

印度洋大西洋共一个潮汐

浮起黑色大陆　它低低起伏的曲线里

埋藏着寂静

大陆最原初的时间

深陷其中　沉默于远处的丘陵和平地

阳光洁白的牙齿　啃不动

一块荒凉的石头

黑与白

从夜晚到白天
从牙齿到皮肤
从东亚大陆酷暑
到南部非洲严冬
七月的飞行
当沉沉黑暗退潮
非洲的早晨涌入舷窗
极端的事物
夏与冬相隔
从黑到白的距离

非洲的风
平原上的利剑
呜呜暗响　边缘化的世界
边缘化的寒冷

古老东方的北斗迷失了方位

西方的星光只在机翼上闪烁

银河犹在

在赞比西河上空缓缓转动

帆船绕行的非洲

西方　五百年前寻找的世界

荒凉依旧

避暑山庄荒漠里堆积奢华

离不开茅草房铁皮屋的对比

白人在赤贫之上营造梦境

微笑的黑人　走出栖住的茅草屋

带着部落的习俗

赤裸的上身颤抖身体的快乐与忧伤

尘土飞扬的脚趾之上是土著的舞蹈

它们是旅行的消费

向稀树草原呼喊的声音

落在白皮肤蓝眼睛里
照得见隐约的羞愧
一幅后殖民时代的画卷
肤色的阵线如此分明

眺望

非洲心脏裸露　没有文明的外衣
动物的图腾抵御不了上帝的意志
雄狮倒下的地方哥特式教堂矗立
山河湖泊的名字以英文流传
维多利亚仿佛土著们的王
瀑布　山头　海港
都是她的名字

白色的殖民
黑色的土著
时空中涌过去的血腥
进入灵魂
凤凰树挺立天空
树干巨大枝叶细小
坚硬的现实敏感的心灵

都在岁月之中

这是开普敦郊外
两种隔绝的生活
黑夜里　一个光照如昼
一个烛光如豆
一个琼楼玉宇
一个茅草铁皮破烂堆砌

奔跑的稀树草原
风像灵魂无所傍依
零乱的地平线没有一跃而起的
山峰　土地半裸
让人萌生眺望的欲念
想从印度洋眺见大西洋
想从一个世纪眺见另一个世纪
看到腹地的哭泣　悲哀的脸
看见铁和火药　鲜血和死亡
看见最初的纯朴和爱

木雕市场

黑人站立

夸张的眼睛

厚厚的嘴唇

在一根木头上

他像一根图腾柱

身躯缩进了树中

一个灵魂的雕像

一种靠近神灵的想象

西装遮去了他的身躯

礼帽领带束缚着他的头颅

他在代表非洲

却进入不了祖先的行列

他在蓑草屋过着复活节圣诞节

他喝咖啡饮红酒吃面包

他的痛苦要用英语表达

他的绅士风度滑稽可疑

木雕市场

小贩把他的皮肤涂成黑色

各种肤色的顾客

手指轻轻把玩后

又慢慢放下

内心的叹息无人知晓

贩卖神秘非洲

只有稀树草原的巨大动物

木雕的大象　犀牛　长颈鹿　河马　狮子……

纷纷跳进一双双手中

交换在洲际间旅行的美元

猴面包树

其实我不想歌唱

又短又小的枝在头上伸出来

像高音区的音符

其实我不想生长

生长就在我的体内堆积

如气球鼓凸

身躯如此壮硕

像一只啤酒桶

天空的神灵不可触犯

它的蓝就挨在枝丫之上

我谨慎　缓慢　却接近了神的高度

几百年几千年在这片大陆

就像只有一个早晨

岁月是一地的小石头

都落下来了　像天空落下的星星

每一声消逝的狮吼都从这里可以找回来

当皮鼓敲起来

当激烈的舞蹈扭起来

沉默才刚刚开始

非洲最沉静的生命　尊严又雍容

她是大陆的纪念碑

大地一般撼动不了的力量

深藏在荒凉的稀树草原

一块可以生长的岩石

在最干旱的冬季

根脉也接通了远近的山冈

谁能再次开始

谁能再次开始

当青春已经远去

当启程的一刻正在分针的最后嘀嗒中

成为一个行动

当历史在祖先的枯骨上只留下片言只语

当仇恨只是一个传说

仇敌成了无辜的旅人

谁能再次开始

那么歌唱吧

深沉苍茫的歌唱

大地一样深厚的歌唱

让血液不在血管中停留

让种子不在土地里静止

让一个黄昏不能阻止另一个黄昏的到来

让恨不再是歌唱的理由

我听到了你的歌唱
看到了你剧烈的舞姿
看到漂亮的羽毛插上头顶
看到脖子上的银器一圈圈堆积
看到洁白的牙齿冰雪一样闪亮
心跳就像牛皮鼓敲击……
你的忧伤快乐
就是大地的忧伤快乐
你的叩问就是一座大陆的叩问
你不是上帝的罪人

谁能再次开始

维多利亚瀑布

行到水穷处
坐看云起时
唐朝的禅境
非洲的现场
赞比西河不见踪影
宽广的是稀树草原
白色云雾在大地升腾

一千年的诗行
在非洲不能禅意
只有探秘的欲望
充斥黑色的瞳仁

一条河流跃入地下
一条深沟撕裂了平原

河马回头　鳄鱼止行

站在悬崖边的津巴布韦

站在悬崖边的赞比亚

从此对峙　从此分离

迷失于地下喷吐的紫烟

疑是银河落九天——

地动山摇的瀑布

仍然看见了东方的诗句

一个观念在身体里的远游

动感的非洲

水在土地深处歌唱

大地的羯鼓震荡

鹰在展翅

天空布满了舞蹈的幻影

火把照亮的矮树林里

白光一闪的斑马群射入黑暗……

二千年的汉诗

没有恰当的诗句

亚细亚的意境进入不了非洲腹地

一座李文斯顿酒店

西式的卧室　瀑布声中的睡眠

与故国山河平仄不对

第 **八** 章

长歌
Long poems

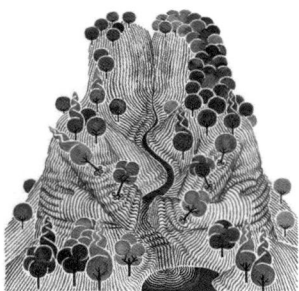

燃烧的激情
——致罗丹

一种汹涌　一种颤栗

肌肤相触的瞬间

雕塑家跪了下来

爱情跪了下来

情欲的火焰烧烫了

冰冷的石头

让一切赤裸出来

让身体里饱含的欲望

把石头的躯体扭曲

克洛黛尔　已让你耳热心跳

难以自抑的激情

你把爱情一寸一寸凿进石头

你的眼睛满是

时间空间的段落

学院街大理石仓库　佩伊恩园

莺歌街福里·纳布尔别墅……

在时间幽深的角落　翔动的记忆

打开　飞行　疯狂遭遇着疯狂

欲望宣泄了欲望　爱情

在自身的躯体里经历风暴

一座荒漠被一束玫瑰点燃

一个春天被一滴雨水唤醒

站在时间的旷野

当双手凋谢如同花骨

潮水一样的激情

却永恒在石头的纹理

永恒在一代一代的青春

一百年　一个下午

尘土一样的视线落下

纷纷扬扬

仍然是那一些远去的时刻

仍然是那些颤动的空间

凝固的不只是一种姿势

那滑过的掌心

正从肌肤　屏息的灵魂　大理石体面

触及每一双目光

虚构的事物

雪　夜空里飘落

黑暗如渊

我在围炉读诗

一百年前的文字

像水在壶中咕咕叫

一百年前面的发音

与一百年后面的水声

一个充满我的房间

一个充满我的感官

艾略特　聂鲁达　米斯特拉尔……

在另一种时间出现

想象的影子飞翔

虚构的事物从天而降

伟人们崇尚虚无

艾略特　把时间在他的诗中

说来说去　最后仍然等于没说的

哲学博士　曾经陷入虚无

在文字的迷宫

我整夜跟随他去伦敦桥　在他的雾中

莫辨东西　忘记了明天

他是否仍有大作面世　忘记了

我的时间还在前行　清早我要为女儿取牛奶

奶牛房现在正挤着大桶大桶新鲜的时间

在上班到来的那一刻　我必准时走过

一条嘈杂的大街　必须在公共汽车上

看那些与我一样经历了又一个夜晚的楼房

发现不了与《荒原》有关联的东西

我触摸先人们的时间

在灯下　虚构出了一个门槛

艾略特　与我隔着门槛说话

时间的传奇在文字的内部

时间的结晶体捧在我的手中

与我交流　让我情绪波动

只是我的世界过不了门槛

艾略特　夹生在两个大战之间

冷战在上个世纪解散　一声"嘘"

观众全都走过了它剧场的大门

门内平安的中东地区

门外已是战火燃烧　大恐怖在我的周围

流行　不改变的是

弱肉强食的法则　凌弱者

已经改了说辞

荒原仍然是荒原　尽管世界已经华灯闪烁

在一身繁华的都市我没有家门

生死　空虚　彷徨

像一种病　人类染上了就泥淖深陷

你跟谁说　时间这个毁灭者
又是时间这个保存者　面对诗歌伟大的虚构
我相信如梦的静思比白昼生活的奔波劳顿
更为真实　时间让我看不见你
时间没有门槛　时间的流质状
像感情　因为它我们一起波动

艾略特　像天空虚构出雪花
你的来路不知高深
那里比坟墓更黑　比天空更深
比思想的盲点更无法触及
我抓住消融在手掌的雪水
与壶中咕咕叫唤的同一种物质
一半真实一半虚幻　在我的体内
它们从嘴里进去又从身体的各个部位挥发
我几十年努力保存自己　让它不像气体
飘散　最后跟随着熹微之光
吹遍世界的各个角落

艾略特　把时间放回到时间中去
我们彼此就能相触　你的始
就是我的终　我的终就是你的始
于是　我们一起观赏一场大雪
在一个世纪之交的冬夜
虚构者交代出了他的逻辑——
"你不知道的东西是你惟一知道的东西
你拥有的东西正是你不拥有的东西
你在的地方正是你不在的地方"

于是　一个雪夜并非实际
虚构的事物
只是完成一次写作

空中的白银

——致华山

石头抒写空中白银

一种高度　决绝地抛离平原

云朵一样飘浮

恒定　坚硬　裸露强力

大地的秘密在天空之上

如帝国的刀锋

一声呐喊

一件落下的遗物

远古神话穿透时间的帷幕

女娲之石　泄露神的意志

传说中的世界

像冰川包裹玉胄

沉香之剑只能劈开西峰小石

一朵道家莲花的臆想

千年复千年　如磬禅定

英雄气概凿出时空古道

在一匹马的蹄痕中

在一辆车的玻璃里

在一个民族的语言内

在一千种仰望的姿态上

风吹草低

山上望黄河

妩媚的女子缥缈天际

惊世的波涛变成丝绸的质地

山峰俯抱了河的蜿蜒

土地上沉重的事物

宛然如飞

千年诗仙曾经俯瞰

大河波涛梦语飘逝

抵达不了神的高度

我在山下的老腔

听闻古战场的声息

我在巨人的坟墓上

找到泥土色的历史

绵延不断的朝代风雨更替

山麓之北

关中大地玉米在抽穗

棉花吐白

青草不分古今　苍翠如新

地下的兵马

在时间里成俑

地上的河流平原改道

从前的村庄淹没生命的骨殖

堆成新房的地基

一万次的种植　都是土地之力

让生命的脚步永远奔走

永远的烟云浮动

神的欢愉天空上不着痕迹

天底之下　唱一声苍凉

华阴老腔撼动心魂

五千年的亡灵都在一个人的喉咙里

呜咽　五千年的冤屈都在一句唱腔中

吼出　西部汉子的高腔铿锵如铁

铁的不屈铁的深重铁的强硬

都以华山作证

华山　西岳神山

我用秦腔八百里呼喊

我银须飘扬　学做道家

我在秋天和冰雪中间

纸片似的飞来又飞走

凭借着钢铁的包裹

在大气层间像土地遗落的种子

秋风中一根松针轻轻摇晃

细小的生命如我一样经历时间

在枯萎前的一个瞬间

感受一座山峰的永恒

在微雨之秋我向着你攀登

一把一把刺进岩石的刀

陡壁上刻下文字的迷狂

一辈一辈人的日月星辰

阶梯一样踏过

那些血脉偾张的手臂

阳光或阴雨天闪耀着黄色之光

依旧借石兴叹

暗哑的铜和铁禁锢于石

冰凉的石英　矿物的花束

像夜色中的星辉

瞳仁里灵魂的躲闪

层云望断　仙界的大氅

在风的手掌中覆过人间暮鼓晨钟

临潼歌舞　骊山烽火　潼关铁骑

灞桥折柳　蓝田玉生烟……

如盐在海

一个黄金的时代

升起与崩坍　如冰城堆雪

渔阳鼙鼓的想象

霓裳羽衣曲的柔软

帝国锋芒上珠露跌落

攀登者的喘息凌空而不闻回音

最后的石梯　星空旋转

晕眩的额头让肉体震颤

坚固的大地呈现倾斜的假象

秦川之上的寒流

冷凝天地一瞬的虚像

最深的阴影抵不过岩石中的黑暗

最冷的风翻越不了石英的寒

晨昏埋葬死亡

星空之帐大地之床

岩石的阶梯触摸存在之痛

刀凿的石洞　旧时僧侣寂寞之穴

今日香火缭绕不绝

离弃人间烟火　用我无处休眠的手

触及孤独的岩石之光

这大地之银　华夏之始

磁石一般吸人魂魄的高度

让我的血液开始说话

让空中的白银

回光返照

第九章

赋
Fu

好心赋

燃火石之旷野兮，油页岩之示世。兴油城之高
凉兮，开茂名之先声。掘地表之浅藏兮，虽南陲而
贡珍。年深月久，土陷地荒，田园蒙垢，淫涝乡梓。

莽伟力之神通兮，引鉴江之清流。诞溟瀛之矿
坑兮，涵骊珠之岭南。施仁政之苍生兮，护生态之
疮痍。黎山之北，葵山之南，山接苍翠，水浮碧穹。
一时胜景，鲲池天降。

好心湖之命名兮，承千古之惆德。倡向化之清
明兮，惟好心之是举。昔夫人之谯国兮，矢一心之
臣事。靖蛮邦之窃发兮，淳世风之俚僚。著信义之
朝野兮，历三朝而勋猷。无磷缁之贤明兮，垂懿范
于今朝。遍庙貌之故地兮，莫圣母之奕祀。盈连池
之讴思兮，壮山河之丰芭。

云开山之崇北兮，博贺港之南濒。文身国之溪
峒兮，凿齿氓之故里。赤土隆之海岸兮，芒荔累于

川岙。沉香孕之奇树兮，橘红酿之妙方。潜蛟蜃之淖尔兮，匿铜鼓于西瓯。山海魂之勾连兮，云雨阵之连襟。南徼炎之火云兮，旱魃行之千里。风伯伴之雨师兮，樯帆倾之泽国。仰渠帅之恤民兮，怀尧舜之宥世。怜民瘼之多艰兮，减灾厄于四乡。降清凉之炎夏兮，播甘露之亢旱。兴新邑之滨海兮，求民生之福祉。尊百姓之所崇兮，从遗箴之如流。率天下之以仁兮，以湖泊为镜鉴。

或曰，渊薮莫测，蟾光似忆，空色度人。颠霄汉之影娥兮，夺银河于倒悬。八风起之丹穴兮，六合收之彭蠡。晨昏生之池文兮，蝶梦出之道境。七曜隐之太虚兮，阴阳渡之一苇。临翠虚之鱼乐兮，悟天道之逍遥。无樯帆之远涉兮，独陟路而羁怀。

乱曰，世事倥偬，往来瞬息。山移斗转，水竭石泐。道如盈水，人若浮槎。不骞不崩，惟有好心。

珠玑赋

大庚巍巍，屏南障北，沙水潋滟，川原幽异，赤黑之祲，茑萝攀生，古木樾荫；南雄盆地，地敷翡翠，先民屯田，取土筑寨，击壤而歌，傍水而居。

太宗之年，敬宗闾巷，张兴世家，七代同居，孝义门人，朝闻其事，珠玑绦环，赐之旌之。讳避庙号，易名珠玑。

珠玑之地，山脉如烟，绕其周遭，山岚如练，蔽其峰峦，龙华西峙，大庚北擎，青嶂南街，唯东之野，沃土连绵，云和星繁，暖风吹拂，一派桃源避秦之望。

踽踽行者，由赣入粤，梅关古道，苦其峻极，视为畏途。开元四年，子寿奉诏，开凿梅关，上翻梅岭，下抵珠玑，路通南北。坦坦而方五轨，阗阗而走四通。跫音沓至，驿者将息，息者蛰居，居者日稠。

北宋之末，靖康变乱，中原氏族，嗟尔流民，恓惶无措，拜辞庐墓，生死契阔，慨千百以为群兮，相携持而南下。迢迢兮，山水阻隔，霜鸿苦声渐远；漫漫兮，置厝何方，尘昏白日难穷。倦来聊歇马，相聚问乡情。徙者自远，驻者落籍，珠玑阡陌，两百余年，一百余姓，纷然栖居。

栖兮居兮，忘忧之天伦，耕读之陇亩，南薰解箨，水回噭银，驿道繁盛，舟车喧阗，驮兽挑夫，铜盐北运，络绎于途；三里长街，驷马桥南，凤凰桥北，列肆如栉；南中北门，耸峙三重，楼台亭阁，披风沥雨；七级石塔，胡妃义举，纪之禩之。曾记否，缙绅流寓，人文蔚起，齐鲁之风，一时盛极。瓮牖之安，胜于玉堂。

犹冬之寒，祸起胡妃，绍兴元年，元兵再劫。九十七户，结竹为箪，盟誓南迁，携妻挈子，水陆并进。西江之岸，冈州蓢底，登岸之地，旷野宽平，蓢草苍苍，烟瘴如流，荒洲垦殖，筑堤护田，开基辟址。从此天下无四季，春秋常绿错时序，岁华如水水如流，故园遥遥堪回首，他乡已作故乡愁。

三角洲上，同房各爨，开枝散叶。广府民系，支流别派，万千百世，各自繁衍。俎豆兮，祖地，发祥兮，珠玑，祭祀者，世界五洲，寻根者，亿万后嗣，寄梦魂于大庚，抚往事而增悼，追风兮先祖，承芳兮后尘，上接高德，下传世风，敦睦孝义，福泽绵绵，文经武纬，愈远愈昌……

善哉妙哉，珠玑古巷，流风余韵，烨烨乎若流光，浩浩乎似江河，千秋万代，日月长新。

巴陵赋

王家河援郊播市，岳阳城悬室造屋。一河两岸，佳木扶疏，曲径欹斜，阳鱼腾跃，云布雨施。江山再造，极于当代。兴兮，倩兮，荡乐娱心。

沿河且溯，巴陵文宗，其源如水，其形若塑，譬如屈子，行吟泽畔，求索上下；范公襟怀，千古一文，忧乐天下。岳州才俊，宗棠安疆，嵩焘使西，弼时负重，皆继先贤开太平。

遥想当年，彭城要塞，三国烽火照巴丘；岳阳楼上，文人骚客著风流。湘水南来，长江北去，柳毅传书，湘妃落泪，洞庭浩瀚起苍茫。旷古泽陂，巫风炽盛，田夫野老，诡思横逸，即事而歌，即兴而舞，东君祝融子嗣昌。

弹指而今，巴陵之戏，脸谱百相，渔歌唱晚，龙舟竞渡，楚地民风敢为先。万象更始，神话亦成寻常物，已教日月换新天。凭栏意欲思故往，只是华灯已粲然。

红军长征过粤北赋

　　遭围剿之灾阨兮，迫苏区之危急。召红军之于都兮，图战略之转移。渡浮桥之不舍兮，冀突围之重振。涉长路之漫漫兮，入粤北之南雄。战乌迳之田心兮，破封锁之首捷。

　　集崇义之队伍兮，向南方之进发。朝发轫之聂都兮，夕宿营之犁壁。望五岭之逶迤兮，擎天地之屏障。峻冈峦之莽莽兮，夐溪壑之杳冥。横棋山之嵯峨兮，腾细浪之锦江。近仁化之长江兮，奔城口之水东。

　　天叆叇之生寒兮，播淫雨之溱溱。裹朔风之惨慄兮，衣薄单兮凛冽。途屯邅之蹇连兮，路泥泞而难行。冠稻草之疾行兮，躲敌机之枪弹。两万五之征程兮，邈悠悠之无极。越岭南之始行兮，若铁流之滚滚。

　　古秦城之关隘兮，封锁线之城口。四面山之叠峙兮，东西河之岛隔。五里山之碉堡兮，掘壕沟之通连。扼湘粤之咽喉兮，控南北之驿道。日淹昧之将暮兮，谋突围之运筹。乘夜幕之泅渡兮，佯装扮之奇袭。降敌军之瞬息兮，定存亡之旦夕。

呜呼！真猛士之迎敌兮，跨锦江过恩村。坡陡峭之林密兮，阻援军之高沙。铜鼓岭之遇敌兮，枪声密而风狂。接短兵之白刃兮，洒碧血之山林。呼声起兮云飞扬，日昏沉兮暮以降。晨至夕兮草木腥，彼胆寒兮气慄慄。战翌日兮山火生，身既死兮化鬼雄。哀如山兮石如铅，千秋传兮旧战场。呜呼哉！托身躯于厚土兮，历千载而不迁。

朗晴空之碧日兮，数万军过城口。前师过尽后师至，延绵六日始见终。街檐下之露宿兮，桥和树皆营房。铺稻草之寝床兮，就温泉以驱寒。身劬瘁之休憩兮，宣标语之墙垣。劈柴薪于孤寡兮，挑河水与羸弱。医伤黎之痛楚兮，扑民宅之大火。买米油于百姓兮，不犯民之秋毫。

雨滂沱兮落乐昌，粤汉路兮再堵。无前路兮截三方，大王山上夜行。饥寒交兮人马困，舞火龙兮险径。螺旋上兮重霄九，天坠星兮火把。驳敌火兮张姑岭，阻追兵兮茶料。白石渡兮出南粤，甲戌年兮孟冬。青山踏遍无寻路，人间正道是沧桑。